EUCLIDES DA CUNHA

ONDAS E OUTROS POEMAS ESPARSOS

Coleção
GRANDES CLÁSSICOS DA LÍNGUA PORTUGUESA

VOLUME 29

BRASILIARIS

Editor-chefe:
Tomaz Adour

Capa:
Spirit

Revisão:
Equipe Vermelho Marinho

Diagramação:
Marcelo Amado

Texto revisado segundo o novo Acordo Ortográfico da Língua Portuguesa.

Dados Internacionais de Catalogação na Publicação (CIP)
Fabio Osmar de Oliveira Maciel – CRB-7 6284

C972o

Cunha, Euclides da, 1866-1909
Ondas e outros poemas esparsos / Euclides da Cunha. – 1. ed. – Rio de Janeiro : Brasiliaris, 2023.
68 p. ; 21 cm. – (Grandes clássicos da língua portuguesa ; v. 29).

ISBN 978-85-8265-283-1

1. Poesia brasileira. I. Título.

689-081-23 CDD : 869.91

Índice para catálogo sistemático:
1. Poesia : Literatura brasileira 869.91

EDITORA VERMELHO MARINHO USINA DE LETRAS LTDA
Rio de Janeiro — Departamento Editorial:
Avenida Gilka Machado, 315 — bloco 2 — casa 6
Recreio dos Bandeirantes — Rio de Janeiro — RJ
CEP: 22795-570

VERMELHO MARINHO
www.editoravermelhomarinho.com.br

SUMÁRIO

APRESENTAÇÃO

O selo Brasiliaris é uma iniciativa da Editora Vermelho Marinho com a Spirit, que tem como objetivo resgatar todas as obras clássicas da literatura brasileira que estejam em domínio público. Independente do autor ou da época em que escreveu, a coleção pretende publicar todas as obras de todos os autores que estejam disponíveis para publicação ou digitalização.

É um trabalho de longo prazo, pois citando apenas alguns autores muito conhecidos, como Machado de Assis, José de Alencar e Joaquim Manuel de Macedo, descobrimos que eles têm uma obra muito extensa, incluindo romances, contos, novelas, poemas e textos teatrais, fora artigos em ensaios. E muitas dessas obras não se encontravam mais no mercado. Até agora.

Tomaz Adour, o editor da coleção, já vem fazendo este trabalho de resgate há mais de 10 anos, conseguindo trazer de volta ao mercado autores do porte de uma Júlia Lopes de Almeida, A. G. Teixeira e Souza, Paulo Setúbal, Coelho Neto, Francisca Júlia, Bruno Seabra, Carmen Dolores, Martins Pena, João do Rio, Coelho Neto, Chrysanthème, entre tantos outros que lançou na Coleção Grandes Clássicos.

Com o apoio da Spirit e sua experiência em design aliada à sua paixão pelos livros, estes e outros autores irão ganhar roupagem nova, com edições especiais com orelhas, edições especiais em capa dura, além de ebooks a preços acessíveis para todos os leitores.

Este projeto ambicioso é uma forma de levar ao público tudo de bom que foi produzido em nossa literatura, permitindo que os leitores tenham acesso não apenas às obras mais famosas dos principais autores, mas também a obras que estão fora do mercado há décadas ou mesmo séculos. Com isso, um leitor que se apaixonar por um livro de um autor poderá conhecer toda a sua obra.

É um trabalho de garimpagem. Temos mais de 10.000 obras a serem publicadas e estamos atrás de obras perdidas, esquecidas ou que possuem poucas cópias em bibliotecas ou coleções particulares. Por isso, todo apoio é bem-vindo. Cada leitor ou amante de livros que deseje sugerir ou indicar uma obra receberá os créditos e será um colaborador da coleção. Acreditamos que, desta forma, obras perdidas ou com cópias desgastadas poderão ser resgatadas, desde que haja um colecionador ou uma biblioteca que a possua. Se quiser colaborar, basta nos escrever.

Que os leitores possam descobrir cada vez mais as obras de uma das literaturas mais importantes do mundo!

Rio de Janeiro – 1883
14 anos de idade

Observação fundamental para explicar
a série de absurdos que há nestas páginas.

EU QUERO

Eu quero à doce luz dos vespertinos pálidos
Lançar-me, apaixonado, entre as sombras das matas
— Berços feitos de flor e de carvalhos cálidos
Onde a Poesia dorme, aos cantos das cascatas...

Eu quero aí viver — o meu viver funéreo,
Eu quero aí chorar — os tristes prantos meus...
E envolto o coração nas sombras do mistério,
Sentir minh'alma erguer-se entre a floresta de Deus!

Eu quero, da ingazeira erguida aos galhos úmidos,
Ouvir os cantos virgens da agreste patativa...
Da natureza eu quero, nos grandes seios túmidos,
Beber a Calma, o Bem, a Crença — ardente a altiva.

Eu quero, eu quero ouvir o esbravejar das águas
Das asp'ras cachoeiras que irrompem do sertão...
E a minh'alma, cansada ao peso atroz das mágoas,
Silente adormecer no colo da so'idão...

[1883]

10

REBATE

Aos padres

Sonnez! sonnez toujours, clairons de la pensée.

V. Hugo

Ó pálidos heróis! Ó pálidos atletas —
Que co'a razão sondais a profundez dos Céus —
Enquanto do existir no vasto Saara enorme
Embalde procurais essa miragem — Deus!...

A postos!... É chegado o dia do combate...
— As frontes levantai do seio das so'idões —
E as nossas armas vede — os cantos e as ideias,
E vede os arsenais — cérebros e corações.

De pé... a hora soa... esplêndida a Ciência
Com esse elo — a ideia — as mentes prende à luz
E ateia já, fatal, a rubra lavareda
Que vai — de pé heróis! — queimar a vossa Cruz...

Vos pesa sobre a fronte um passado de sangue.
— A vossa veste negra a muit'alma envolveu!
E tendes que pagar — ah! Dívidas tremendas!
Ao mundo: João Huss — e à Ciência: Galileu.

Vós sois demais na terra!... e pesa, pesa muito
O lívido bordel das almas, das razões,
Sobre o dorso do globo — sabeis — é o Vaticano,
Do qual a sombra faz a noite das nações...

Depois... o século expira e... padres, precisamos
Da ciência c'o archote — intérmino, fatal —
A vós incendiar — aos báculos e às mitras,
A fim de iluminar-lhe o grande funeral!

Já é, já vai mui longa a vossa fria noite,
Que em frente à Consciência, soubestes, vis, tecer...
Oh treva colossal — partir-te-á a luz...
Oh noite, arreda-te ante o novo alvorecer...

Oh vós que a flor da Crença — esquálidos — regais
Co'as lágrimas cruéis — dos mártires letais —
Vós, que tentais abrir um santuário — a cruz,
Da multidão no seio a golpe de punhais...

O passado trazeis de rastro a vossos pés!
Pois bem — vai-se mudar o gemer em rugir —
E a lágrima em lava!... Ó pálidos heróis,
De pé! Que conquistar-vos vamos — o porvir!...

[1883]

12

DANTÃO

Parece-me que o vejo iluminado.
Erguendo delirante a grande fronte
— De um povo inteiro o fúlgido horizonte
Cheio de luz, de ideias constelado!

De seu crânio vulcão — a rubra lava
Foi que gerou essa sublime aurora
— Noventa e três — e a levantou sonora
Na fronte audaz da populaça brava!

Olhando para a história — um século e a lente
Que mostra-me o seu crânio resplandente
Do passado através o véu profundo...

Há muito que tombou, mas inquebrável
De sua voz o eco formidável
Estruge ainda na razão do mundo!

[1883]

MARAT

Foi a alma cruel das barricadas!
Misto e luz e lama!... se ele ria,
As púrpuras gelavam-se e rangia
Mais de um trono, se dava gargalhadas!...

Fanático da luz... porém seguia
Do crime as torvas, lívidas pisadas.
Armava, à noite, aos corações ciladas,
Batia o despotismo à luz do dia.

No seu cérebro tremente negrejavam
Os planos mais cruéis e cintilavam
As ideias mais bravas e brilhantes.

Há muito que um punhal gelou-lhe o seio...
Passou... deixou na história um rastro cheio
De lágrimas e luzes ofuscantes.

[1883]

14

ROBESPIERRE

Alma inquebrável — bravo sonhador
De um fim brilhante, de um poder ingente,
De seu cérebro audaz, a luz ardente
É que gerava a treva do Terror!

Embuçado num lívido fulgor
Su'alma colossal, cruel, potente,
Rompe as idades, lúgubre, tremente,
Cheia de glórias, maldições e dor!

Há muito que, soberba, ess'alma ardida
Afogou-se cruenta e destemida
— Num dilúvio de luz: Noventa e três...

Há muito já que emudeceu na história
Mas ainda hoje a sua atroz memória
É o pesado mais cruel dos reis!...

[1883]

SAINT-JUST

Un discours de Saint-Just donnait
tout de suite un caractère terrible au débat...
Raffy: *Procès de Louis XVI*

Quando à tribuna ele se ergueu, rugindo,
— Ao forte impulso das paixões audazes —
Ardente o lábio de terríveis frases
E a luz do gênio em seu olhar fulgindo,

A tirania estremeceu nas bases,
De um rei na fronte ressumou, pungindo,
Um suor de morte e um terror infindo
Gelou o seio aos cortesãos sequazes —

Uma alma nova ergueu-se em cada peito,
Brotou em cada peito uma esperança,
De um sono acordou, firme, o Direito —

E a Europa — o mundo — mais que o mundo, a França —
Sentiu numa hora sob o verbo seu
As comoções que em séculos não sofreu!...

[1883]

16

TRISTEZA

Ai! Quanta vez — pendida a fronte fria
— Coberta cedo do cismar p'los rastros —
Deixo minh'alma, na asa da poesia,
Erguer-se ardente em divinal magia
À luminosa solidão dos astros!...

Infeliz mártir de fatais amores
Se ergue — sublime — em colossal anseio,
Do alto infinito aos siderais fulgores
E vai chorar de terra atroz as dores
Lá das estrelas no rosado seio!

É nessa hora, companheiro, bela,
Que ela a tremer — no seio da soedade
— Fugindo à noite que a meu seio gela —
Bebe uma estrofe ardente em cada estrela,
Soluça em cada estrela uma saudade...

É nessa hora, a deslizar, cansado,
Preso nas sombras de um presente escuro
E sem sequer um riso em lábio amado —
Que eu choro — triste — os risos do passado,
Que eu adivinho os prantos do futuro!...

[1883]

GONÇALVES DIAS (AO PÉ DO MAR)

Seu eu pudesse cantar a grande história,
Que envolve ardente o teu viver brilhante!...
Filho dos trópicos que — audaz gigante —
Desceste ao túmulo subindo à Glória!...

Teu túmulo colossal — nest'hora eu fito —
Altivo, rugidor, sonoro, extenso —
O mar!... O mar!... Oh sim, teu crânio imenso —
Só podia conter-se — no infinito...

E eu — sou louco talvez — mas quando, forte,
Em seu dorso resvala — ardente — Norte,
E ele espumante estruge, brada, grita.

E em cada vaga uma canção estoura...
Eu — creio ser tu'alma que, sonora,
Em seu seio sem fim — brava — palpita!...

[29 nov. 1883]

VERSO E REVERSO

Bem como o lótus que abre o seio perfumado
Ao doce olhar da estrela esquiva da amplidão
Assim também, um dia, a um doce olhar, domado,
Abri meu coração.

Ah! Foi um astro puro e vívido, e fulgente,
Que à noite de minh'alma em luz veio romper
Aquele olhar divino, aquele olhar ardente
De uns olhos de mulher...

Escopro divinal — tecido por auroras —
Bem dentro do meu peito, esplêndido, tombou,
E nele, altas canções e inspirações ardentes
Sublime burilou!

Foi ele que a minh'alma em noite atroz, cingida,
Ergueu do ideal, um dia, ao rútilo clarão.
Foi ele — aquele olhar que à lágrima dorida
Deu-me um berço — a Canção!

Foi ele que ensinou-me as minhas dores frias
Em estrofes ardentes, altivo, transformar!
Foi ele que ensinou-me a ouvir as melodias
Que brilham num olhar...

E são seus puros raios, seus raios róseos, santos
Envoltos sempre e sempre em tão divina cor,
As cordas divinais da lira de meus prantos,
D'harpa da minha dor!

Sim — ele é quem me dá o desespero e a calma,
O ceticismo e a crença, a raiva, o mal e o bem,
Lançou-me muita luz no coração e na alma,
Mas lágrimas também!

É ele que, febril, a espadanar fulgores,
Negreja na minh'alma, imenso, vil, fatal!
É quem me sangra o peito — e me mitiga as dores.
É bálsamo e é punhal.

20

A CRUZ DA ESTRADA

A meu amigo E. Jary Monteiro

Se vagares um dia nos sertões,
Como hei vagado — pálido, dolente,
Em procura de Deus — da fé ardente
Em meio das soidões...

Se fores, como eu fui, lá onde a flor
Tem do perfume a alma inebriante,
Lá onde brilha mais que o diamante
A lágrima da dor...

Se sondares da selva e entranha fria
Aonde dos cipós na relva extensa
Noss'alma embala a crença.
Se nos sertões vagares algum dia...

Companheiro! Hás de vê-la.
Hás de sentir a dor que ela derrama
Tendo um mistério, aos pés, de um negro drama,
Tendo na fronte o raio de uma estrela!...

Que vezes a encontrei!... Medrando calma
A Deus, entre os espaços
No desgraçado, ali tombado, a alma
Que tirita, quem sabe?, entre os seus braços.

Se a onça vê, lhe oculta a asp'ra, ferrenha
Garra, estremece, para, fita-a, roja-se,
Recua trêmula, e fascinada arroja-se,
Entre as sombras da brenha!...

E a noite, a treva, quando aos céus ascende
E acorda lá a luz,
Sobre os seus braços frios, frios, nus,
— Tecido de astros em brial estende...

Nos gélidos lugares
Em que ela se ergue, nunca o raio estala,
Nem pragueja o tufão... Hás de encontrá-la
Se acaso um dia nos sertões vagares...

[maio 1884]

22

COMPARAÇÃO

A *Sebastião Alves*

"Eu sou fraca e pequena..."
Tu me disseste um dia.
E em teu lábio sorria
Uma dor tão serena,

Que em mim se refletia
Amargamente amena,
A encantadora pena
Quem em teus olhos fulgia.

Mas esta mágoa, o tê-la
É um engano profundo.
Faze por esquecê-la:
Dos céus azuis ao fundo
É bem pequena a estrela...
E no entretanto — é um mundo!

[1884]

STELA

(é uma variação da poesia anterior, "Comparação")

A Sebastião Alves

"Eu sou fraca e pequena..."
Tu me disseste um dia,
E em teu lábio sorria
Uma dor tão serena,

Que a tua doce pena
Em mim se refletia
— Profundamente fria,
— Amargamente amena!...

Mas essa mágoa, Stella,
De golpe tão profundo,
Faz tu por esquecê-la —
Das vastidões no fundo
— É bem pequena a estrela —
No entanto — a estrela é um mundo!...

24

AMOR ALGÉBRICO

[Título anterior: *Álgebra lírica*]

Acabo de estudar — da ciência fria e vã,
O gelo, o gelo atroz me gela ainda a mente,
Acabo de arrancar a fronte minha ardente
Das páginas cruéis de um livro de Bertrand.

Bem triste e bem cruel decerto foi o ente
Que este Saara atroz — sem aura, sem manhã,
A Álgebra criou — a mente, a alma mais sã
Nela vacila e cai, sem um sonho virente.

Acabo de estudar e pálido, cansado,
Dumas dez equações os véus hei arrancado,
Estou cheio de 'spleen', cheio de tédio e giz.

É tempo, é tempo pois de, trêmulo e amoroso,
Ir dela descansar no seio venturoso
E achar do seu olhar o luminoso X.

[1884]

A FLOR DO CÁRCERE

[Publicado na *Revista da Família Acadêmica*, n. 1,
Rio de Janeiro, novembro de 1887.]

Nascera ali — no limo viridente
Dos muros da prisão — como uma esmola
Da natureza a um coração que estiola —
Aquela flor imaculada e olente...

E 'ele' que fora um bruto, e vil descrente,
Quanta vez, numa prece, ungido, cola
O lábio seco, na úmida corola
Daquela flor alvíssima e silente!...

E — ele — que sofre e para a dor existe —
Quantas vezes no peito o pranto estanca!...
Quantas vezes na veia a febre acalma,

Fitando aquela flor tão pura e triste!...
— Aquela estrela perfumada e branca,
Que cintila na noite de sua alma...

[1884?]

26

ÚLTIMO CANTO

I

Amigo!... estas canções, estas filhas selvagens
Das montanhas, da luz, dos céus e das miragens
Sem arte e sem fulgor, são um sonoro caos
De lágrimas e luz, de plectros bons e maus...
Que ruge no meu peito e no meu peito chora,
Sem um 'fiat' de amor, sem a divina aurora
De um olhar de mulher...
perfeitamente o vês,

Não sei metrificar, medir, separar pés...
— Pois um beijo tem leis? A um canto um núm'ro guia?
Pode moldar-se uma alma às leis da geometria?

Não tenho ainda vinte anos.
E sou um velho poeta... a dor e os desenganos
Sagraram-me mui cedo, a minha juventude
É como uma manhã de Londres — fria e rude...

Filho lá dos sertões nas múrmuras florestas,
Nesses berços de luz, de aromas, de giestas —
Onde a poesia dorme ao canto das cachoeiras,
Eu me embrenhava só... as auras forasteiras
Me segredavam baixo os cantos do mistério
E a floresta sombria era como um saltério,

Em cujas vibrações minh'alma — ébria — bebia
Esse licor de luz e cantos — a Poesia...
Mas, cedo, como um elo atroz de luz e pó
Um sepulcro ligara a Deus minh'alma... e só
Selvagem, triste e altivo, eu enfrentei o mundo,
Fitei-o, então, senti de meu cérebro no fundo
Rolar, iluminando a alma e o coração,

Com a lágrima primeira — a primeira canção...
Cantei — porque sofria — e, amigo, no entretanto,
Sofro hoje — porque canto.
Já vês, portanto, em mim esta arte de cantar
É um modo de sofrer, é um meio de gozar...
Quem há que meça aí de uma lágrima o brilho?
Pois erra-se sofrendo?...
Eu nunca li Castilho.
Detesto francamente esses mestres cruéis
Que esmagam uma ideia sob quebrados pés...
Que vestem co'um soneto esplêndido, sem erro,
Um pensamento torto, encarquilhado e perro,
Como um correto fraque às costas de um corcunda!...

Oh! sim, quando a paixão o nosso ser inunda,
E ferve-nos na artéria, e canta-nos no peito,
— Como dos ribeirões o borbulhoso leito,
Parar — é sublevar —
Medir — é deformar!
Por isso amo a Musset e jamais li Boileau.

II

Esse arquiteto audaz do pensamento — Hugo —
Jamais sói refrear o seu verso terrível,
Veloce como a luz, como o raio, incoercível!
Se a lima o toca, ardente, audaz como um corcel,
Às esporas revel,
Na página palpita e ferve e freme e estoura
Como um raio a vibrar no seio de uma aurora...
Que lime-se num verso uma cadência má,

Que p'los dedos se contem as sílabas — vá lá!
Mas que um tipão qualquer — como muitos que eu vejo —
Espiche, estique e encolha a tal hora e sem pejo
Um desgraçado verso, e, após tanto medir,
Torcer, brunir, sovar, limar, polir, polir,
No-lo venha a trazer, às pobres das ovelhas,
Como um casto 'bijou', feito de sons e luz,
Isto revolta e amola...
Mas veja ao que conduz
O vago rabiscar de uma pena sem norte:
Falava-te de Deus, de mim, da estranha sorte
Que aniila a poesia — e acabo num jogral,
Num lorpa, num boçal,
Que nos recebe a pés, e faz do amor uma arte.
Deixemo-lo de parte.

III

Escuta-me, eu teria um imenso prazer
Se podendo domar, curvar, forçar, vencer
O cér'bro e o coração, fosse este último canto
O fim de meu sonhar, de meu cantar, porquanto...

RIMAS

Ontem — quando, soberba, escarnecias
Dessa minha paixão — louca — suprema
E no teu lábio, essa rósea algema,
A minha vida — gélida — prendias...

Eu meditava em loucas utopias,
Tentava resolver grave problema...
— Como engastar tua alma num poema?
E eu não chorava quanto tu te rias...

Hoje, que vivo desse amor ansioso
E és minha — és minha, extraordinária sorte,
Hoje eu sou triste sendo tão ditoso!

E tremo e choro — pressentindo — forte —,
Vibrar, dentro em meu peito, fervoroso,
Esse excesso de vida — que é a morte...

[1885]

30

SONETO

(é uma variação da poesia anterior, "Rimas")

Dedicado a Anna da Cunha

"Ontem, quanto, soberba, escarnecias
Dessa minha paixão, louca, suprema,
E no teu lábio, essa rosa da algema,
A minha vida, gélida prendias...

Eu meditava em loucas utopias,
Tentava resolver grave problema...
— Como engastar tua alma num poema?
E eu não chorava quando tu te rias...

Hoje, que vives desse amor ansioso
E és minha, só minha, extraordinária sorte,
Hoje eu sou triste, sendo tão ditoso!

E tremo e choro, pressentindo, forte
Vibrar, dentro em meu peito, fervoroso,
Esse excesso de vida, que é a morte..."

[10 set. 1890]

A RIR

Eu já não creio mais... sombrio e calmo enfrento
— O lábio ermo da prece, o peito ermo da crença —
A estrela — rubra e imensa
De meu destino atroz, aspérrimo e sangrento!...
E embora sobre mim flamívoma suspensa
Em minh'alma os clarões fatais ela concentre,
Eu suporto-lhe bem o flamejante baque
— Altivamente calmo — entrincheirando-me entre
Uma canção de Byron
E um cálix de 'cognac'...
— Não há dor que resista ao som de uma risada! —
Depois, se me exarcebo!
e tremo e choro erguendo a prece à alma magoada,
Mais me dói essa dor, mais esse mal é acerbo!
Assim — eu resolvi, indiferente e frio
Cheio de orgulho e 'spleen' — como um banqueiro inglês,
Sepultar na ironia o pranto meu sombrio...
Por isso quando atroz na triste palidez
De minha fronte paira amarga ideia — eu rio!...
E quando pouco a pouco
Essa ideia me abate e vence-me alterosa,
De amargores repleta — eu rio como um louco...
E se ela ainda dói mais, e forte e tenebrosa
Soe ao último ideal da minh'alma anilar,
E vencer-me de todo

Então — eu me ergo mais — e — desvairado o olhar
— Divinamente doido —
Eu rio, rio muito — até chorar!...

[1886]

FAZENDO VERSOS

(é uma variação da poesia "Último Canto")

A Moreira Guimarães

Poeta que calcula quando escreve
Que vá poetizar para os conventos.
G. Magalhães

Colegas. Essas canções — essas filhas selvagens
Das montanhas, da luz, dos céus e das miragens
— Sem arte e sem fulgor — são um sonoro caos
De lágrimas e luz, de plectros bons e maus
Que ruge no meu peito e no meu peito chora;
Sem um 'fiat' de amor, sem a divina aurora
De uns olhos de mulher...

Mas tenho vinte e um anos
E sou um velho poeta — a dor e os desenganos
Sagraram-me mui cedo; a minha juventude
É, como uma manhã de Londres — fria e rude!
— Filho lá dos sertões — nas múrmuras florestas,
Nesses berços de luz, de aromas e giestas
Aonde a poesia dorme ao canto das cachoeiras,
Eu me embrenhava só... as auras forasteiras
Me segredavam baixo as dulias do mistério
E a floresta ruidosa era como um saltério

De cujas vibrações meu coração vivia
Bebendo esse licor de luzes — a Poesia!...

Mui cedo — como um elo atroz de luz e pó
Um sepulcro ligara a Deus minh'alma... só,
— Selvagem, triste e altivo — eu enfrentei o mundo
Fitei-o e então senti — de meu cérebro no fundo
Rolar — iluminando a alma e o coração —
Com a lágrima primeira, a primeira canção!...

Cantei — porque sofria — e, veja que no entanto
Sofro hoje — porque canto!...
Já vês, portanto: em mim — isso de versejar —
É um modo de sofrer e um meio de gozar
E nada mais, palavra!...

...Eu nunca li Castilho —
Detesto francamente estes mestres cruéis
Que esmagam uma ideia entre 'quebrados pés',
Que vestem com um soneto — esplêndido, sem erro —
Um pensamento torto, encarquilhado e perro —
— Como um correto 'frac' ao dorso de um corcunda!...
Oh!... sim — quando a paixão o nosso ser inunda
E ferve-nos na artéria e canta-nos no peito
— Como dos ribeirões o estrepitante leito —
Parar — é sublevar
— Medir — é deformar —
Por isso amo a Musset e jamais li Boileau!...
Esse arquiteto audaz do pensamento — Hugo —
Jamais soe refrear o seu verso invencível
Veloz, mais do que a luz — como o raio — incoercível!
Se a lima o toca — ardente, audaz como um corcel

Às esporas revel
Na página palpita — e corre e brilha e estoura
Como um raio a vibrar no seio de uma aurora!...
Que a crítica burguesa e honesta me perdoe:
Bem sei que isso faz mal — sei bem que isto lhe dói:
Que ela me estigmatize a fronte e em raiva ingente
Arroje sobre mim a pecha: decadente!...
E vede-me calcar do Pindo as áureas trilhas...
Colega!... Hão de ser sempre essas canções estranhas
Umas selvagens filhas
Das miragens, dos céus, da luz e das montanhas!...

36

CRISTO

[Publicado na *Revista da Família Acadêmica*,
Rio de Janeiro, jul. 1888. Dedicatória posterior.]

A *Filinto d'Almeida*

Era uma idade atroz... forte e grandiosa.
Levantando altivíssima a alterosa
E fulgurante coma
Nas ruínas das nações se erguia Roma...
Trágica e má — das raças quebradas,
Das velhas raças de remota história,
Afogando a existência, a força e a glória
— Num dilúvio flamívomo de espadas! —

Não havia aplacá-la, nem dos perros
A queixa vil, nem dos heróis nos ferros;
Embalde o pranto acerbo
Sufocando, Mitríades, soberbo,
Se erguera na Ásia aos rígidos embates
De férvidas paixões para, possante,
Lançar um trono no bulcão troante
Do torvelinho horrível dos combates!

Tombara Filopoeme — altivo o aspeito,
Concentrando no velho e frio peito
Todo o vigor guerreiro,
Todo o heroísmo de um país inteiro...
— E o que passou então foi sublimado —
A Grécia, que era morta, morta e escrava,
Transmudou-se num túmulo — heroica e brava —
Para guardar seu último soldado...

No Egito, o horror dos dramas lutuosos...
Rotos, sombrios, pávidos, raivosos,
Os últimos heróis
Sofriam pela pátria... oh! Dor atroz —
Oh! Dor fatal que o coração adstringes!
E passavam, cingindo as velhas clâmides,
— Entre a sombra funérea das pirâmides
E o olhar petrificado das esfinges!

A Ibéria exangue — nem sequer o insano
Louco gemer do eterno amante — o Oceano
Ouvia, lhe atirando às plantas frias
Grandes canções — vestidas de ardentias...
Amante imenso, de um amor profundo,
Que mais tarde, grandioso, para erguê-la,
— Não podendo engastá-la numa estrela —
Lançou-lhe aos pés — um mundo!

Nos corações as recalcadas penas
Doíam sem um só gemido... apenas
Numa loucura brava.
O Parta palmo a palmo recuava;
No terreno sagrado de seus pais;

Caía — como o raio — fulminando,
E morria — as espadas agitando
Como sabem morrer os imortais!
Mas de onde vinha esse fatal domínio?
Lançai à história o olhar. Vede:
Um triclínio.

Das taças arrebenta
Formidolosa a embriaguez sangrenta...
Um truão se ergue: em seu olhar cintila
A febre, às vozes doces de um saltério,
Ébrio e trôpego dança... Ei-lo Tibério...
— Tibério cambaleia — e o mundo oscila!

Foi nessa idade atroz e má, repleta
De crimes, que Jesus, incruento atleta —
Ergueu como uma aurora,
Por entre a multidão, a fronte loura...
E nova vida palpitou na terra;
Vacilaram os ferros sanguinários
Nas manoplas dos rudes legionários;
— Em frente à paz estremeceu — a guerra...

Dissolveram-se em prantos os ressábios
Das concentradas dores, e nos lábios
Sublime, pairou esse
Bafejo ardente da nossa alma... a prece...
E livre dessas noites que se somem
Ante os fulgores da razão de um justo,
O mundo inteiro se soerguendo a custo,
Respirava p'la boca de um só homem!

Da antiga idade, os deuses combalidos
Oscilaram, quebrados, derruídos,
Ante o clarão brilhante
Daquela consciência rutilante...
E, cobardes, num círculo de lanças,
Cheios de um grande espanto, vacilaram
Os déspotas, torvados... e recuaram
Ante um homem cercado de crianças...

E quando ele caiu... o mundo antigo,
O seu ingrato e trágico inimigo,
— Alucinado e insano —
Deslumbrou-se ante um quadro sobre-humano:
Aureolava-o ignota claridade...
E aquele morto... frio, macerado,
Tendo no lábio um riso ensanguentado,
Na espádua roxa — erguia a Humanidade...

[1887?]

40

CALABAR

[Título anterior: *Os Holandeses*]

(Fragmento)

Calabar — só. Queda-se pensativo. *Surge de um recanto do forte Fr. Manuel Salvador*

FR. MANUEL — (à parte) ...Não percamos esta hora.
(*Alto, a Calabar*)
Pois acreditas tu que é um leão?
(Calabar volta-se, surpreso)
Tu és
Um cachorro açulado às goelas do holandês!
CALABAR — Padre! De onde surgiste? A que vens? E que queres?
E que palavra vil é esta com que feres
A quem sempre submisso ouviu a tua voz?
FR. MANUEL — Escuta-me, meu filho... Eu precisava, a sós,
Longamente tratar contigo acerca de árdua
Empresa; e a situação em que te vês, aguardo-a
De muito impaciente...
CALABAR — Tu achas então que é
Própria a divagações esta hora — quando a fé
Que propagas e o Deus, o próprio Deus que adoras
Tem em roda seis mil espadas vencedoras
Do herético holandês... Tu queres gracejar
Ante o perigo, padre!?
FR. MANUEL — (tranquilo) — Escuta, Calabar:
Sabes o que traduz este hábito sombrio?

É o túmulo de uma alma! Aqui dentro há mais frio,
Mais sombra e mais horror do que nas solidões
Dos cemitérios... Ouve: Há fundas aflições
De uma agonia atroz, no ser entregue ao duro
Martírio de arrastar este farrapo escuro.
Sabes tu por acaso avaliar o pavor
De alguém que arrasta em vida o próprio túmulo, e a dor
De quem cego da vida às galas soberanas
É um morto a vagar entre as paixões humanas,
Trágico e só 'perinde ao cadáver', só
Feito uma sombra vã e desprezível? Oh!
Se podes calcular a espantosa tristeza
De alguém em frente ao qual, imota, a natureza
Não tem voz, nem luz... Se podes idear
Sequer a ânsia de alguém destinado a escutar,
— Monótona, a bater, a bater agoureira,
A mesma hora a bater durante a vida inteira!
Se podes avaliar tão mísero viver
E sofrimentos tais, deves compreender
Que eu não sei rir sequer, que eu não gracejo nunca!

[1887?] 20 — 10

42

CÉSARES E CZARES

Os Césares cruéis,
Quando deixam da história a cena giganteia,
Conservam geralmente a linha dos atores,
Que embora tenham tido espantosos papéis,
Nos quais dura se alteia
A desgraça espalhando angústias e terrores,
Querem que os acompanhe o aplauso da plateia...

Mário penetra em Roma
Pela sétima vez erguido ao consulado,
Na alma robusta o herói traz sinistros desejos
De vingança, fatais anelos que não doma...
Sombrio, alucinado,
Não lhe quebram o assomo os eternos lampejos
Dos prélios que travou nas lutas do passado:
E a espada que fulgiu nas sombras da Germânia
Arranca-a em plena insânia,
Vibrando-a doidamente — e doidamente a enterra
Em pleno coração da sua grande terra...

Mas vê-de-o no desterro...
— Que imensa solidão! Que pavoroso estrago! —
Velho, proscrito e só!... ninguém à dor lhe assiste.
Só lhe é dado rever o alcantilado cerro
O vulto enorme e vago

Da pátria, além do mar... Dizei-me o que mais triste:
As ruínas daquela alma ou as ruínas de Cartago.

César trucida a Gália
E a Síria e o Egito e a Ibéria... À indômita ambição
Não lhe basta, porém, o império vitorioso...
Desvaira: vai buscar nos campos de Farsália
Os sonhos de Pompeu; e em Tapsos — glorioso —
A energia moral austera de Catão.
Triunfou! É feliz! Que importam dissabores
Dos rudes lutadores,
Feitos comparsas vis desses terríveis dramas,
Se Roma está em festa... e a Gália inteira em chamas!

No 'forum', certo dia:
'Tu quoque, Brute!' Estranho, este grito se ergueu.
Tumultua o recinto ante o ato formidável:
— César ferido, o peito em sangue e a fronte fria
Vacila, mas o seu
Aprumo não destrói. Cai, num tombo impecável,
Tragicamente, aos pés das estátuas de Pompeu!

Ivan subjuga e prende
Ao carro triunfador os povos de dois mundos.
Reina, impera — é o Czar! Sua terrível glória
Do polo enregelado ao Cáucaso se estende.
Os Calmucos imundos
Cercam-lhe o trono e a vida. E ler-se sua história
É ouvir-se a todo instante os rumores profundos,
Que irrompem do tropel dos esquadrões bravios
Dos tártaros sombrios...
— Imenso tropear que afoga os gritos cavos
E as doidas maldições de cem milhões de escravos!

44

ESTÂNCIAS

[Publicado em *Revista da Família Acadêmica*,
Rio de Janeiro, out. 1888.]

XII

Les beaux yeux sauvent les beaux vers!...
V. Hugo

Meu pobre coração tão cedo aniquilado
Na ardência das paixões — ó pálida criança —
Revive à doce luz do teu olhar magoado

E cheio de ilusões, de crenças e esperança
Faz o castelo ideal das louras utopias
— Com os brilhos desse olhar e o ouro de tua trança! —

Quando sobre as sombrias
Ondas — vasto o luar esplêndido se espalma
De todo o seu negror, arranca as ardentias

De teus olhos assim à luz divina e calma
Dimanam — cintilando — as ilusões e os versos
Das sombras de minh'alma...

E sonho e canto e rio e me deslumbro... imersos
— No místico luar que sobre mim derramas —
Fulguram como sóis meus ideais dispersos!...

Fulguram como sóis — entre sonoras flamas
Partindo no meu peito a tétrica penumbra
E o silêncio fatal de dolorosos dramas...

E tudo hoje ante mim tem luz, tem voz — deslumbra —
Pois — tal como dos sóis a claridade instila
De cada um ideal — uma canção ressumbra —
E em cada uma canção — o teu olhar cintila...

[São Paulo, jan. 1888]

46

OS LÊMURES

Ó minha musa — imaculada e santa!
Deixa um momento os sonhos teus benditos,
Despe os teus véus de noiva do Ideal.
Deixa-os, despe-os e canta
Sobre as ruínas trágicas do mal
As almas arruinadas dos malditos!...

[188-]

MUNDOS EXTINTOS

São tão remotas as estrelas que, apesar da vertiginosa velocidade da luz, elas se apagam, e continuam a brilhar durante séculos.

Morrem os mundos... Silenciosa e escura,
Eterna noite cinge-os. Mudas, frias,
Nas luminosas solidões da altura
Erguem-se, assim, necrópoles sombrias...

Mas para nós, di-lo a ciência, além perdura
A vida, e expande as rútilas magias...
Pelos séculos em fora a luz fulgura
Traçando-lhes as órbitas vazias.

Meus ideais! Extinta claridade —
Mortos, rompeis, fantásticos e insanos
Da minh'alma a revolta imensidade...

E sois ainda todos os enganos
E toda a luz, e toda a mocidade
Desta velhice trágica aos vinte anos...

[1886]

48

HÁ NOS TEUS OLHOS ESCUROS...

Há nos teus olhos escuros
Tantas centelhas, que ao vê-las
Penso na treva e nos brilhos
Das noites cheias de estrelas...

Penso em cousas singulares,
Indagando entre delírios:
Por que é que os céus inda brilham?
Por que não se apaga Sírius?

[1888]

LIRISMO A DISPARADA

Eu sou por certo um ente admirável,
A quem nenhuma penitência salva.
Não tiro o meu chapéu à Divindade...
"E dizem que perdi a Estrela-d'alva"...

E tão viciado que ainda hoje, à noite,
Um pelotão de serafins risonhos,
Em pleno 'boulevard' da Via-Láctea,
Prendeu-me porque eu estava ébrio... de sonhos!

Escândalo no céu. Os santos todos,
Perdendo as composturas consagradas,
Atiravam-me estrelas, como pedras,
E riam-se a bandeiras despregadas.

Um desacato escandaloso... e como
O Supremo Fiscal, nessa emergência,
Não conteve os seráficos garotos,
Denunciei à polícia a Providência.

Fiz bem. A rixa é velha. Há muito tempo
Que eu, o Voltaire e o Comte nem o intento
Podemos ter de passear à noite
Na grande praça azul do Firmamento.

Se o fazemos, apagam-se as lanternas
Dos céus, num pronto e momentâneo eclipse,
E vemo-nos nas trevas, entre os coices
Da besta divinal do Apocalipse!

Não vou mais lá, por isso... Mas que importa...
Por que falar nesses sucessos tristes?
Trancam-me os céus: eu tenho o teu olhar...
Nem me faz falta Deus — pois tu existes!

D. QUIXOTE

Assim à aldeia volta o da "triste figura"
Ao tardo caminhar do Rocinante lento:
No arcaboiço dobrado — um grande desalento,
No entrestecido olhar — uns laivos de loucura...

Sonhos, a glória, o amor, a alcantilada altura
Do ideal e da Fé, tudo isto num momento
A rolar, a rolar, num desmoronamento,
Entre os risos boçais do Bacharel e o Cura.

Mas, certo, ó D. Quixote, ainda foi clemente
Contigo a sorte, ao pôr nesse teu cérebro oco
O brilho da Ilusão do espírito doente;

Porque há cousa pior: é o ir-se a pouco e pouco
Perdendo, qual perdeste, um ideal ardente
E ardentes ilusões — e não se ficar louco!

[1890]

52

AS CATAS

A *Coelho Neto*

Que outros adorem vastas capitais
Aonde, deslumbrantes,
Da Indústria e da Ciência as triunfais
Vozes se erguem em mágico concerto;
Eu, não; eu prefiro antes
As catas desoladoras do deserto,
Cheias de sombra, de silêncio e paz...
Eu sei que à alma moderna — alta e feliz,
E grande, e iluminada,
Não pode sofrear estes febris
Assomos curiosos que a endoidecem
De ir ver, emocionada,
Os milagres da Indústria em Gand ou Essen,
E a apoteose do século — em Paris!
Não invejo, porém, os que se vão
Buscando, mar em fora,
De outras terras a esplêndida visão...
Fazem-me mal as multidões ruidosas
E eu procuro, nesta hora,
Cidades que se ocultam majestosas
Na tristeza solene do sertão.
Cidades ante as quais são como anãs
As Londres, extensíssimas

E as Babilônias, Bagdás pagãs;
Tão colossais, tão cheias de grandeza,
Nas construções amplíssimas,
Que as contemplando eu penso na rudeza
De uma raça já morta de titãs.
E abandonadas... no entretanto, quem
As observa, no extremo
Dos horizontes afastados, tem
O religioso espanto e o extraordinário
Êxtase supremo
De um muçulmano austero ou de um templário
Diante de Meca ou de Jerusalém.
Divisa então soberbos coliseus,
Templos de forma rara —
Amplas mesquitas, vastos mausoléus,
E góticas igrejas tão imensas
E tão frágeis que para
Compreendê-las, cremo-las suspensas
Por ignota atração vinda dos céus.
No entanto, atulmutuaram multidões
Dentro delas outrora;
E ao ritmo de esplêndidas canções
Levantou-lhes os muros triunfantes
Heróica e sonhadora,
A coorte febril dos Bandeirantes,
Nas marchas triunfais pelos sertões.
Mas passaram — e o sol que tremeu
A seus passos, deserto,
Revolto e infinito, e como um mausoléu
Imenso que pelo sertão se estende...
Calcando-o, sentis perto,
Um deslizar sinistro de duende:

O fantasma de um povo que morreu.
Viajantes que rápidos passais
Pelas serras de Minas,
Vindos de fulgurantes capitais,
Evitai as necrópoles sagradas,
Passai longe das ruínas,
Passai longe das Catas desoladas
Cheias de sombra, de tristeza e paz...

Campanha, 1895

55

FRAGMENTOS DE POESIA

[Publicado em *O Imparcial*,
Rio de Janeiro, 20 jan. 1929]

A *Coelho Neto*

De um lado o Atlântico e do outro lado as serras
Longas, indefinidas, perlongando-o;
E aquém das serras nos planaltos largos,
Um mundo ainda ignoto! Os rios longos
Recortam-na profusos, ora calmos,
Volvendo a correnteza imperceptível,
Ora cheios, rolando no...
O soberbo estridor das cachoeiras...
As grandes matas verde-negras vastas
...de frutos e de flores
Desafiam do azul as pompas todas.

Que terra encantadora... Mas enquanto
O meu olhar se desatava livre
No desafogo dos espaços amplos
O ridículo mortal tolhia o passo
E imóvel sobre o cerro em que jazíamos
Abarcava num gesto o espaço todo:
Conforme vês 'a terra é longa e grossa'

E atestam na pujança com que surgem
A riqueza de um solo incomparável
Em que o cultivador sem mais resguardos
Com algumas foiçadas e um bocejo
Garante o pão à prole e pode dar-se
Ao culto sacrossanto da Preguiça.
E nada o preocupa: a fauna é frágil,
Traiçoeira e cobarde; não há tigres,
Régios tigres listrados; nem leões,
Nada das formas colossais e rudes
Feitas para guardarem, consorciadas,
A feridade e a força... Tudo médio
Tudo uma redução do que há alhures
O elefante é tapir tardo e medroso
O tigre de Bengala é a suçuarana
Cobarde e fugitiva; o orango bruto
É o sagui famíneo e pulha; e a capivara
O hipopótamo esquivo das lagoas...
E tudo é médio... a natureza toda
Numa mediania inalterável...
As mesmas forças naturais que além
Rompem em cataclismas formidáveis

Criando a Geologia traço estranho
De um drama esquiliano, aqui, é calma.
Não há vulcões e os mesmos terremotos
Que subvertem cidades noutras zonas
Amortecem-se inúteis, embatendo
Na massa de granito desta terra...
As montanhas — bem vês — não têm altura
As maiores são serros noutras partes
Achatam-se alongando-se, alongando-se

Se o arrojo de um píncaro que enteste
Com o menor dos píncaros nos Alpes...
Nas florestas enormes não procures
O cedro colossal ou o carvalho
Ou o plátano altivo que alevanta
Às nuvens uma vida de mil anos,
Não lhe permite o surto, o afago, atroz
Terrível das lianas, das aráceas,
Que os apertam, ...e derrubam
De sorte que as florestas como os rios
Como a montanha, como a terra toda,
São grandes só por um estiramento!...
Disse e eu vi pela primeira vez
O clarão ideal de uma ironia
Dando-lhe ao rosto hilar um tom mais sério.
E prosseguiu:
Aqui, o grande é o chato!
Tudo num plano horizontal é enorme
Tudo num plano vertical é mínimo
A pedra, o vegetal, e o... e o homem...
E repentinamente aquele rosto
Onde um ricto sardônico pusera
A lonha ideal desse sarcasmo ríspido
Que é a mágoa triunfante dos eleitos
Pois é a alegria trágica dos fortes,
Aquele rosto desmanchou-se todo
No desmandibulado destempero
De uma risada à-toa.

Mal a ouvi
Prendeu-me o olhar um quadro nunca visto:
Numa clareira, em frente, repontavam

Uns homens singulares... que vestidos!
Nem clâmides, nem togas, nem
Consorciando a candura dos arminhos
Com o varonil das púrpuras brilhantes.
Pretos. De preto todos no afogado
Das vestes ajustadas pelos membros...
Vinham calmos; nem gestos sacudidos
Nem vozes imperiosas... Passos lentos.

Lorena, 1896

PÁGINA VAZIA

Quem volta da região assustadora
De onde eu venho, revendo, inda na mente,
Muitas cenas do drama comovente
De guerra despiedada e aterradora.

Certo não pode ter uma sonora
Estrofe ou canto ou ditirambo ardente
Que possa figurar dignamente
Em vosso álbum gentil, minha senhora.

E quando, com fidalga gentileza
Cedestes-me esta página, a nobreza
De nossa alma iludiu-vos, não previstes

Que quem mais tarde, nesta folha lesse
Perguntaria: "Que autor é esse
De uns versos tão mal feitos e tão tristes?"

1897

DEDICATÓRIA A LÚCIO DE MENDONÇA

Em falta de um 'postkarte', iluminura
Que enquadre do que penso ou sinto a imagem,
Em relevo, na artística moldura
De um trecho fugitivo de paisagem —

Aí vai, para saudá-lo no remanso
De um lar, onde terá digno conchego,
Este caboclo, este jagunço manso
— Misto de celta, de tapuia e grego...

1903

DEDICATÓRIA A COELHO NETO

Felizmente
Esta fisionomia,
De onde ressalta a ríspida expressão
Da face de um tapuia, espantadíssima,
Hás de achá-la belíssima
Porque saberá ver, nitidamente,
Com os raios X de tua fantasia,
O que os outros não veem: um coração.

1903

O PARAÍSO DOS MEDÍOCRES

(Uma página que Dante destruiu)

Perto do inferno existe uma paragem
Onde cai monótona e ressoa
Uma torrente enregelada e dura
Sulcando a pedra na erosão eterna.
Fomos por ela em fora, lento e lento
Vacilantes subindo. Mas no alto
Precisamente quando a minha vista
Divisava dos céus tão anelados
Um fragmento longínquo, vi-me só.
Inopinadamente se evadira
O bucólico guia que me dera
O clarão de sua alma incomparável,
Entre as sombras dos giros infernais.
Então alucinado, o peito opresso,
A fronte em fogo, onde batiam ríspidas
As lufadas friíssimas do abismo,
Atirei entre os ecos apagados
Das vozes do demônio uma súplica:
Virgílio. E estas três sílabas belíssimas
Rolaram longamente no silêncio
Como se no silêncio desabasse
Uma falange de cristais partidos.
Mas não as repeti: de uma vereda
À esquerda, junto ao círculo Judas,

Vi que surgiu uma figura estranha,
Homem ou gênio, e todo desgracioso
Lembrava um sambenito: a fronte nua
Escampada e brunida completava
A face cheia e lisa sem refegos,
Sem um só desses vincos, dessas rugas
Que são os golpes do buril do espírito
Sobre os blocos de músculos e nervos.
Sorria e eu vi seus dentes magníficos
Numa expressão alvar. Aproximou-se.
Disse-lhe então: Quem sois? Por que acudistes?
Quando eu chamei por outro tão diverso?
Teme um momo adorável, agitou
Num gesto longo de elegância altiva
A véstia e o porte ereto e o olhar fulgente
E o rosto novamente derramando-se
Num riso imbecil e triunfante
Volveu pondo-me ao ombro a mão cuidada:
"Sou Marcellus Pompônio, 'o purista'
O guia que me trouxe, esse Virgílio,
Esta ama-seca que apelidas tanto
Não me suportaria; eu sou capaz
De mostrar solecismos nas "Geórgicas"...
Fez bem: fugiu. E tu certo conheces
O gênio prodigioso que venceu
Certa causa notável, apontando
Um erro de gramática nos autos:
Sou eu. Sou imortal... Tu és feliz,
Lucraste com a troca. Folga, ri,
Agradece ao teu Deus e dá-me o braço.
Eu vou mostrar o que outrem não faria.
Já viste o inferno, vou levar-te agora

Ao purgatório e ao céu. Mas antes deles
Há uma terra ideal onde domina
A santa mediania de virtude
E se chama o 'Paraíso dos Medíocres'".
"É ali", disse. E depois me foi levando
Por um trilho escarpado a breve trecho,
Vingando um cerro abrupto, tive em frente
O mais belo país que eu inda vira
Que terra encantadora. O meu olhar
Desatou-se folgando na amplitude
Dos horizontes vastos onde eternos
Fulgores de uma primavera eterna
Se revezam co'as noites estreladas.

[1903?]

NUM CARTÃO POSTAL

[Em que se vê uma mulher, com roupão de banho, lendo numa praia]

A *Reinaldo Porchat*

Lê?... Não lê. Aquele ar não é por certo
De quem medita. É o ar de quem atrai.
E se qualquer de nós, naquelas praias,
Aparecesse, quedaria incerto,
Sem saber distinguir quem mais nos trai
— Entre a insídia de uma onda ou de um afago
Se o velho mar misterioso e vago,
Ou esse abismo de roupão e saias!

Guarujá, 30 jul. 1904

DEDICATÓRIA

Se acaso uma alma fotografasse
de sorte que, nos mesmos negativos,
A mesma luz pusesse em traços vivos
O nosso coração e a nossa face,

E os nossos ideais, e os mais cativos
De nossos sonhos... Se a emoção que nasce
Em nós, também nas chapas se gravasse,
Mesmo em ligeiros traços fugitivos...

Meu caro Doutor Praguer!
Te assaltaria máxima surpresa,
Notando — deste grupo, bem no meio —

Que o mais forte, o mais belo e o mais ardente
Destes sujeitos, é, precisamente,
O mais triste, o mais pálido e o mais feio...

Manaus, 5 fev. 1905

VERMELHO MARINHO

Spirit

BRASILIARIS.COM.BR